Une première édition de **TOC ! TOC ! QUI EST LÀ ?**
a été publiée en 1986 par les Éditions Flammarion

Texte traduit de l'anglais par Isabel Finkenstaedt

Titre de l'ouvrage original : KNOCK KNOCK WHO'S THERE ?
Éditeur original : Hamish Hamilton, The Penguin Group, Londres
Text copyright © 1985 by Sally Grindley
Illustrations copyright © 1985 by Anthony Browne
Tous droits réservés
Pour la traduction française : © Kaléidoscope 2005
Loi n° 49.956 du 16 juillet 1949 sur les publications
destinées à la jeunesse : septembre 2005
Dépôt légal : décembre 2005
Imprimé en Italie

Diffusion l'école des loisirs

www.editions-kaleidoscope.com

Toc ! Toc ! Qui est là ?

Texte de **Sally Grindley**
Illustrations d' **Anthony Browne**

kaléidoscope

C'est moi, l'énorme gorille
aux gros bras poilus
et aux grandes dents blanches.

Quand tu me feras entrer,
je te serrerai si fort
que tu en perdras le souffle !

Alors, tu n'entreras PAS !

C'est moi, la méchante vieille sorcière
au chapeau pointu
et à la baguette pleine de tours de magie.

Quand tu me feras entrer,
je te transformerai en grenouille !

Alors, tu n'entreras PAS !

TOC ! TOC !

Qui est là ?

C'est moi, le fantôme effrayant
au visage blanc comme un linge
et aux chaînes cliquetantes.

Quand tu me feras entrer,
je te hanterai !

Alors, tu n'entreras PAS !

TOC ! TOC !

Qui est là ?

C'est moi, le terrible dragon
couvert d'écailles au museau qui fume
et à la gueule enflammée.

Quand tu me feras entrer,
je te mettrai à cuire pour mon goûter !

Alors, tu n'entreras PAS !

TOC ! TOC !

Qui est là ?

C'est moi, le plus grand géant du monde
aux yeux gros comme des ballons de foot
et aux pieds larges comme un terrain de rugby.

Quand tu me feras entrer,
je te piétinerai !

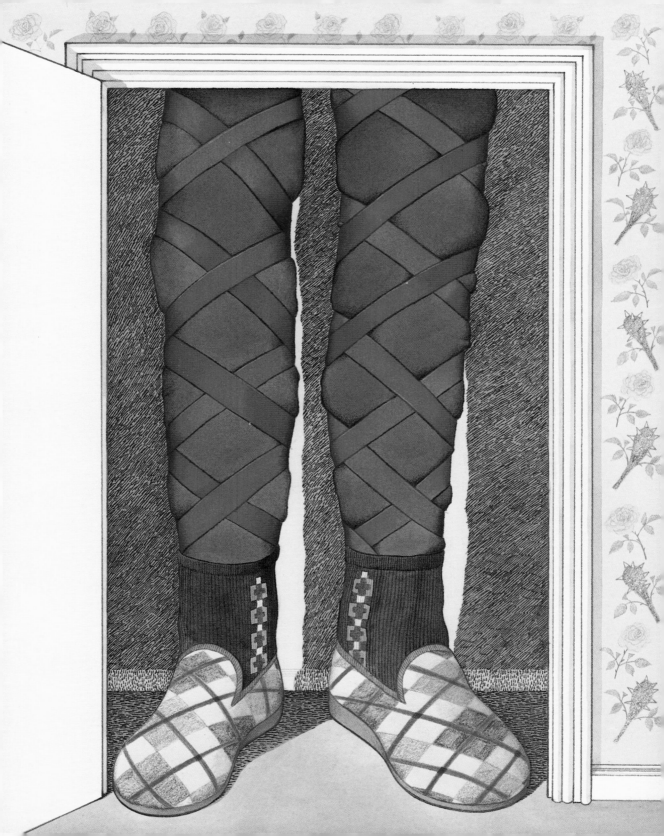

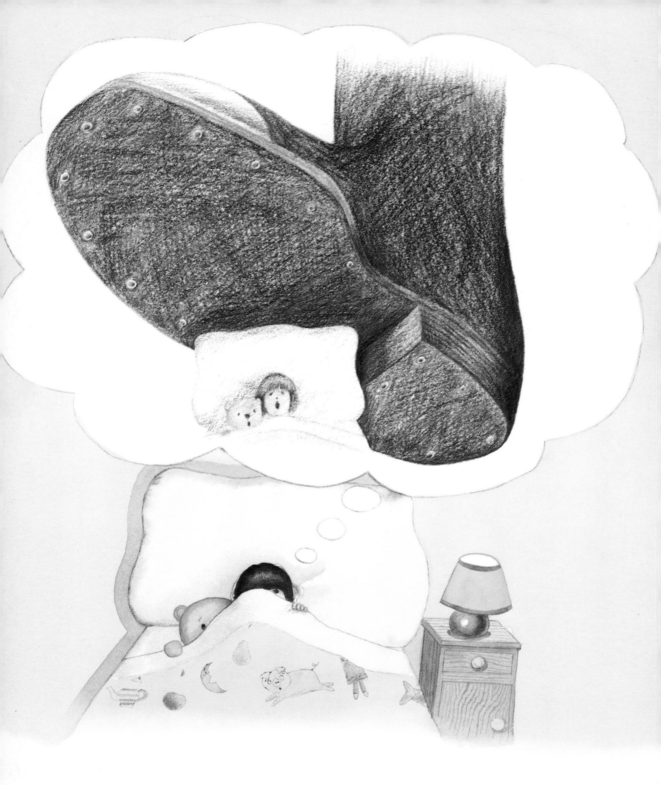

Alors, tu n'entreras PAS !

C'est moi, ton bon papa câlin
avec une grande tasse de chocolat chaud
et une histoire à raconter.

S'IL TE PLAÎT, est-ce que je peux entrer ?

ENTRE ! ENTRE ! ENTRE DONC !

Il y a eu un gorille à la porte
et une sorcière
et un fantôme
et un dragon
et un géant
et...

Je savais que c'était toi...
pour de vrai !